SCOOBY-DOO sur L'ÎLE AUX ZOMBIS

Scénario télé de Glenn Leopold
Texte de Glenn Leopold et Davis Doi
Adaptation de Gail Herman
Texte français de Mariane Thomson

Les éditions Scholastic

ISBN 0-439-98507-2

Titre original : Scooby-Doo on Zombie Island.

Des remerciements tout particuliers à Duendes del Sur pour les illustrations intérieures.

Conception graphique de Joan Ferrigno.

Édition publiée par Les éditions Scholastic,

175, Hillmount Road, Markham (Ontario) L6C 1Z7

5 4 3 2 1   Imprimé au Canada   9 / 9 0 1 2 3 4 / 0

La bande de Mystère inc. se trouvait dans un château sombre et sinistre. Ils pensaient avoir capturé le monstre gluant de la douve, mais après avoir regardé de plus près, Daphné, Freddy, Véra, Sammy et Scooby ont vu que quelque chose ne tournait pas rond!

Ils se sont alors mis à tirer et pousser de tous les côtés et enfin, un masque tombe!

Le monstre n'était, après tout, qu'un homme déguisé.

« En fin de compte, les monstres et les fantômes finissent toujours par être des voyous masqués », dit Daphné, devenue reporter, à l'animatrice d'une émission-débat télévisée. « C'est vraiment décevant. »

Et c'était en fait pour cette raison que la bande de Mystère inc. avait décidé de se séparer.

Pourtant, Daphné n'avait pas complètement abandonné l'idée de trouver de vrais fantômes et de vrais monstres... en tout cas, pas encore.

« Je suis en train de réaliser une nouvelle série d'émissions qui s'appelle *L'Amérique hantée*, dit-elle à l'animatrice, mais cette fois-ci, je vais trouver de vraies maisons hantées! »

Mais en même temps, elle se sentait triste. Chasser les fantômes sans ses vieux amis ne serait pas pareil. La bande lui manquait.

Freddy, qui travaillait avec Daphné, a une idée.

Sammy et Scooby avaient maintenant un nouvel emploi. Ils travaillaient à l'aéroport pour empêcher la contrebande d'entrer dans le pays. Leur trouvaille préférée, c'était la bouffe!

Sammy et Scooby prenaient une pause pour regarder Daphné à la télé.

« Toi aussi tu nous manques beaucoup », dit Sammy à Daphné sur l'écran.

« Ouaff! Ouaff! », dit Scooby en reniflant.

Finalement, Sammy et Scooby se remettent au travail. Scooby renifle plusieurs bagages et en tire une grosse meule de fromage!

Comme ils ont tous deux faim, et bien... ils mangent le fromage.

Au même moment, leur patron apparaît. Il se met en colère! « Vous avez mangé la pièce à conviction! Vous êtes renvoyés! »

« Renvoyés? », se mettent à sangloter Sammy et Scooby.

Mais, juste à ce moment, le téléphone sonne. Les choses semblent s'arranger!

Le nouvel emploi de Véra consistait à vendre des livres à la librairie Mystère Dinkley, mais elle s'ennuyait à mourir. Résoudre des mystères, c'est beaucoup plus drôle que de les vendre, se dit-elle.

Le téléphone sonne. Quand elle entend la voix de Freddy, elle s'écrie : « Youppi! Tu peux compter sur moi! ».

Le jour suivant, Freddy conduisait la camionnette Machine à mystères chez Daphné. Elle s'apprêtait à travailler à l'émission *L'Amérique hantée*.

C'est alors que Freddy ouvre tout grand les portes arrière.

« Surprise! », crient Véra et Sammy.

« Ouaffprise! », aboie Scooby.

La bande s'était reconstituée!

Ils allaient partir pour la Nouvelle Orléans, en Louisiane, une ville remplie de formidables fantômes, de vraies maisons hantées, et de mets délicieux!

Bon, au moins la cuisine était délicieuse à la Nouvelle Orléans.

Tout le reste était truqué.

Le « fantôme », que Freddy et Daphné avaient découvert lors d'une séance, était en réalité une image renvoyée par un projecteur.

« L'homme chauve-souris » n'était qu'un homme malhonnête qui essayait d'éloigner les gens du cimetière.

Même le capitaine « fantôme », qui se trouvait à bord d'un bateau, s'était révélé être une femme déguisée.

Daphné était complètement déprimée. Elle dit à la bande : « J'ai besoin de trouver un vrai fantôme pour mon émission. » Pendant que Sammy et Scooby étaient partis à la recherche de quelque chose à manger, Daphné, Freddy et Véra s'étaient assis dans un marché en plein air. C'est alors qu'une femme s'approche d'eux.

C'était Lina Dupré. Elle travaillait tout près, comme chef à l'île Moonscar. En chuchotant, Lina leur dit : « C'est un endroit qui est hanté par le pirate Morgan Moonscar. »

Lina invite tout le monde à aller sur l'île pour se rendre compte par eux-mêmes. Ils devaient prendre le traversier pour y arriver.

Jacques, le capitaine, montre du doigt l'eau trouble, et dit à voix basse : « Les gens qui s'aventurent dans ces marécages n'en ressortent jamais. »

Quand Lina voit Scooby, elle s'arrête et dit : « Vous avez un chien! ». Elle ne paraissait pas très contente.

« Chien? répète Scooby. Où? »

« Ma patronne, Mme Simone Lenoir, a des chats », dit Lina en faisant la grimace.

« Vous en faites pas, lui dit Sammy. Scooby s'entend très bien avec les chats. »

L'île Moonscar se dessinait à l'horizon. Freddy commence à filmer la forêt épaisse, les marais et la mousse suspendue. C'était un endroit rêvé pour les fantômes. La maison de Simone, elle aussi, semblait parfaite... une énorme et majestueuse propriété remplie de chats.

« Super! », dit Scooby tout excité en s'élançant vers eux à toute allure et en détruisant le jardin!

« Hé toi, tête de linotte! », crie Beau le jardinier en essayant de l'arrêter. Mais Scooby est occupé à chasser un chat... jusqu'en haut de l'escalier... droit dans les bras de Simone Lenoir. Elle ne trouve pas du tout cela amusant.

Sammy emmène Scooby à la cuisine pour l'occuper, pendant que Simone fait visiter la maison aux autres.

Elle dit à la bande : « L'île est maintenant déserte, mais il y a bien longtemps, c'était une plantation de piments forts. Elle a aussi servi de caserne pendant la guerre de Sécession, et à une certaine époque, de comptoir commercial. Elle a même été une cachette pour les pirates. On raconte d'ailleurs que Morgan Moonscar y a caché un trésor. »

Tout à coup, l'histoire de Simone est interrompue par des hurlements qui se répercutent à travers la maison.

« C'est eux! », s'exclame Véra.

Tout le monde se rue vers la cuisine. Scooby, d'une patte tremblante, pointe le mur où les mots SORTEZ D'ICI! sont gravés dans le bois.

« C'est l'écriture d'un fantôme! », explique Sammy.

C'est alors qu'un vent glacial souffle à travers la pièce. Freddy commence à tout filmer.

D'un seul coup, une boue étrange se met à suinter du mur... formant le mot *Beware*, ce qui veut dire « PRENEZ GARDE! »

Quand Freddy repasse la cassette, un pirate fantôme, avec une cicatrice en forme de lune, apparaît à l'écran.

« C'est le fantôme de Morgan Moonscar », dit Simone.

« Non, c'est seulement un type déguisé en pirate, proteste Freddy. Il essaie d'effrayer les gens pour les empêcher de prendre le trésor. »

Mais alors, pourquoi n'apparaissait-il que sur le film? Sammy et Scooby deviennent nerveux...

« On va chercher de la nourriture! dit Sammy. À emporter! »

Scooby et Sammy emportent dehors des sandwiches et de la salade de pommes de terre. Mais avant qu'ils ne puissent commencer à manger, les chats s'enfuient en emportant la salade de pommes de terre.

En un éclair, Scooby les poursuit... à travers un ruisseau marécageux... en contournant des troncs d'arbres... et de nouveau sur le terrain de la maison.

« Arrête, Scooby! », dit Sammy en essayant de l'attraper. Trop tard! La tête la première, ils tombent tous deux dans un trou profond... en forme de tombe!

« Tiens le coup, Scoob, dit Sammy en voulant le rassurer. Je vais nous tirer de là en un rien de temps. »

Sammy s'accroche à une racine qui sort de la paroi terreuse et essaie de se hisser.

Mais Craaak! La racine se casse.

Sammy tombe alors sur Scooby... La terre commence à tomber, laissant un grand espace vide dans la paroi.

C'est alors qu'une main de squelette se met à flotter et que le ciel s'assombrit. D'autres os apparaissent sur la tombe et, tout à coup, une sorte de vapeur les rassemble tous ensemble pour former le zombi de Morgan Moonscar.

« Woo! », gémit le zombi.

« Ouaaaahh! », dit Scooby en hurlant, au moment où une main fantôme ondule vers lui.

Sammy saute sur la queue de Scooby, rebondit sur sa tête, et saute hors de la tombe. Puis il attrape Scooby par la queue et l'extirpe de là. Toujours hurlant, les deux se précipitent vers la maison... et foncent tout droit sur Beau le jardinier.

En entendant les hurlements, le reste de la bande accourt.

« On a vu un zombi! », crie Sammy.

Tout le monde se met à regarder Beau avec méfiance. Il avait été bien près des lieux.

Dans l'espoir d'apercevoir de vrais zombis, Daphné souhaite rester toute la nuit, mais Scooby et Sammy, qui en ont assez, veulent partir... tout de suite!

Pourtant, quand Lina leur propose à dîner, ils changent vite d'avis, et tout le monde décide de rester pour la nuit.

Lorsqu'ils montent déballer leurs affaires, Véra, Daphné et Freddy remarquent quelque chose d'étrange. De petits bouts de tissu manquent à leurs vêtements. Mais ils ne s'affolent pas. Après tout, cela a peu d'importance à côté d'un zombi.

Quand ils descendent pour dîner, Simone fronce les sourcils, regarde Scooby et dit : « Le chien devra manger dehors. »

Pas de problème. Sammy et Scooby prennent la camionnette et vont trouver un endroit tranquille pour manger.

Plus tard, tout le monde entend des hurlements et les grincements du camion à travers les bois.

Daphné, Freddy et Véra se précipitent dans le noir.

Ils crient : « Scooby! Sammy! »

Tout à coup, une silhouette floue se dessine sur leur chemin. C'est Beau!

Véra lui lance un regard furieux. Une fois de plus, il se trouve en plein sur les lieux. Elle se promet de ne pas le quitter des yeux.

La bande trouve la camionnette au fin fond des bois, mais Scooby et Sammy ont disparu.

Subitement, le zombi d'un pirate empoigne Daphné, mais elle fait voltiger la créature, qui s'écrase au sol.

Puis elle entend un bruit. « D'autres zombis », pense Daphné, tout en envoyant en l'air un autre corps. Mais cette fois-ci, c'est seulement Sammy qui s'écroule – plouff! – sur le zombi.

« Ouillii! », hurle-t-il.

« Détends-toi, lui dit Freddy. C'est seulement un masque, je vais te montrer. » Freddy se met à tirer et pousser aussi fort qu'il peut, mais le visage du zombi s'étire et se remet en place d'un coup sec. Freddy en a le souffle coupé.

Ce zombi est vrai!

Sammy et Scooby se sauvent à toutes jambes quand d'autres zombis surgissent de la surface de l'eau – des soldats de la guerre de Sécession, des pirates de toutes les sortes... Alors que Freddy soulève sa caméra vidéo pour les filmer, il entend les cris de Lina qui viennent de la maison.

Courant à toute allure pour aider Lina, Freddy fait accidentellement tomber sa caméra dans les sables mouvants. « Oh! non », s'écrie-t-il tout en continuant d'avancer.

Finalement, la bande atteint la maison et trouve Lina dans un passage secret.

« Les zombis ont emmené Simone en la traînant derrière eux », leur dit Lina.

La bande se met à courir à travers des tunnels, évitant les zombis pendant qu'ils cherchent Simone. Ils s'arrêtent à l'entrée d'une cave. C'est un endroit étrange. La statue d'un gros chat se tient sur un autel. Sans aucun doute, il se passe quelque chose de bizarre.

« Vaudou! », s'exclame Véra.

Elle se tourne vers Lina, car soudainement, elle devine ce qui s'est vraiment passé. Simone n'a pas été traînée.

« Quand une personne est traînée, elle laisse de longues traces de talons, alors qu'ici, les seules empreintes que je vois... sont celles d'une personne qui marchait! »

À ce moment là, une porte s'ouvre et Simone dit : « Très bonne remarque, Véra. » Elle se tient debout à côté d'un cadran lunaire gigantesque. « Mais c'est trop tard! »

Simone soulève des poupées en cire de Daphné, Freddy, Véra et Beau. Sur chacune de ces poupées sont attachés des morceaux de vêtement appartenant à chacun d'eux, ceux qui avaient été volés des bagages de la bande! Ils avaient été utilisés pour en faire des poupées vaudou! Et Véra savait que les poupées pouvaient les forcer à faire des choses qu'ils ne voulaient pas faire!

À toute vitesse, Simone ficelle les bras et les jambes des poupées pendant que les quatre l'observent avec des yeux égarés. Maintenant ils ne peuvent plus bouger!

Si la bande arrive à détruire les poupées, le sortilège vaudou sera rompu.

Simone montre du doigt le cadran lunaire : « À minuit, la cérémonie qui vous enlèvera vos forces vitales commencera, et alors Lina et moi vivrons éternellement! »

Simone continue : « Vous savez, Lina et moi avons aidé à coloniser cette île il y a bien longtemps, jusqu'au jour où les pirates s'en sont emparé. » Elle salue de la tête la statue du chat : « Pour nous venger, nous sommes devenus des chats. Nous pouvons vivre éternellement... tant que nous avons des victimes. »

Les zombis! Véra soudain réalise. Moonscar et les autres étaient aussi des victimes. Ils avaient seulement essayé d'avertir la bande qui ne se doutait de rien!

Le cadran lunaire indiquait maintenant minuit. C'était l'heure. Simone et Lina se rapprochent sournoisement des quatre et, subitement, leurs vêtements se déchirent en lambeaux – les deux étranges femmes se changent en chats hideux. Des monstres!

À ce moment précis, le capitaine Jacques – lui aussi un chat – se met à poursuivre Scooby et Sammy à l'intérieur de la cave.

« Ooouif! », s'écrie Sammy en renversant accidentellement les poupées de cire.

Véra fait un effort désespéré pour les atteindre... presque... presque...

Elle les tient!

Mais elle doit faire vite car Lina et Simone ont attrapé Scooby et Sammy, prêtes à leur enlever toutes leurs forces vitales.

Tout à coup, les chats sont projetés contre le mur. Daphné et Véra ont tourné les tables sur le duo diabolique, et changé les poupées vaudou en poupées Lina et Simone!

« Nnnnon! », hurlent les monstres quand l'ombre dépasse minuit. Leur peau se ride et ils deviennent vieux en un instant. Finalement, Lina, Simone – et Jacques aussi – se changent en poussière et sont emportés par le vent.

Les zombis trébuchent vers l'avant. « Merci », chuchote un soldat. Une rafale se met à souffler à travers la caverne. La vapeur se soulève et les squelettes s'écroulent sur le sol.

« Pouff! dit Sammy, qu'est ce qui leur est arrivé? »

Véra sourit. « Ils peuvent maintenant reposer en paix. »

Plus tard, Beau reconduit la bande au traversier.

« Je suis désolée de vous avoir soupçonné », lui dit Véra.

Daphné approuve d'un signe de tête, mais elle pense à son émission. Ils ont certainement vu de vrais fantômes vivants, mais ils n'avaient pas de caméra. Pas de film, pas de preuve!

« Je n'ai plus rien », dit-elle aux autres.

« Et la police ne croira jamais à cette histoire », ajoute Véra.

« N'en soyez pas si sûres », dit Beau en sortant son insigne de police.

« Détective! dit Daphné avec un sourire. Êtes-vous déjà passé à la télé? »